백활영 시집
강물

국립중앙도서관 출판시도서목록(CIP)

강물 : 백활영 시집 / 지은이: 백활영. – 서울 : 지구문학, 2015
   p. ;   cm

ISBN 978-89-89240-66-2 03810 : ₩8000

한국 현대시[韓國 現代詩]

811.7-KDC6
895.715-DDC23   CIP2015022135

백활영 시집

강물

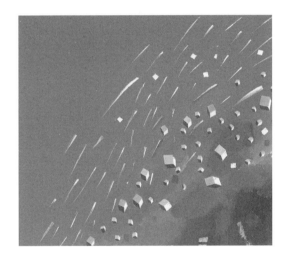

지구문학

차례

1부 마음

2 부   자연

차례

3 부 삶 자리

차례

1부

마음

삶

동짓달 아미달도
추위에 숨고
별 몇 점 차마
어쩌지 못하고
바르르 서성이는 밤
너
머언 산 그 너머 누군가에
눈 이슬 맺힌 적 있느냐

섣달 그믐
눈발 바람에 쫓기어
소나무 가지마다 울음 일 때
너
바다 저쪽 어디에
마음 저민 그리움 두어 보았느냐

봄결 여름 가을
산은 늘 그렇게 서 있고

바다는 계절을 잊고 살지만

저 너머 어디 한숨 머문 곳
거기 네 삶은 깃드느니

축복

오월 따스한 햇볕 안고
한 생명이 기도처럼
우리 곁에 다가와

너를 맞이한 기쁨
너를 안음이 온 세상
가슴에 품은 듯한 안온함

이제 너 자라며
걸음마다 지경이 넓어지며
말과 행하는 일들이 향기로워
지혜는 솔로몬을 따르고 믿음과
사랑이 늘 함께 하기를

네 거처에는 평강이 머물고
항상 좋은 벗들로 가득하여
지혜롭고(智) 상서로운 구슬(琓)로
삶이 모두 건강하기를

*2007년 5월 智琓이 돌을
맞이하며 할아버지가

16

단상

식탁 위에
단감 세 개
내 마음
시린 까닭은
지금 아닌
머언 시간
그리도 감을
좋아했던
누군가의
눈물이 이렇게
내 침샘을
자극하기 때문

알랑가 몰라

학교에서 돌아온 손자 녀석
책가방을 내던지며 씩씩거린다
"나는 왜 키가 안 커?"
"애들이 땅콩이라 골리잖아."

얼마 전엔 산수문제 틀렸다고
머리 나쁜 것 원망하더니 오늘은
키 작은 것으로 저리 불만이니
글쎄 뭐라 위로해야 마음 풀릴까

"할아버지 자판기에서 커피 빼먹으려는데
만 원짜리 천 원짜리 다 소용없고
백 원짜리 동전 있어야 마실 수 있더라
그리고 높이 쌓아올린 시골집 돌담장 보았지
큰 돌과 작은 돌이 섞여야 더 튼튼하고 조화롭지"

"머리 좋아 세상 빛내는 훌륭한 사람도 많지만
신문 TV 오르내리는 머리 좋은 간 큰 도둑들보다

머리 좀 나빠도 꾸준히 성실하게 자기 일하여
성공한 사람도 얼마나 많은지 알아?"

알량진 내 위로의 말을 아는지 모르는지
씨익 한 번 웃고는 밖으로 내쳐 나간
내 소중한 보물창고

작설차

커피로 찌든 혀가
찻맛을 알랴마는
찻숟갈 떠난 작설
향으로 다가와

지그시 기운 찻잔
그 얼굴 떠오르고
깊디깊은 그 마음
푸르고 푸르러

한 모금 또 한 모금
눌러 삼킨 시간 속에
고고한 빛 뭉클 다가와
스미어 퍼진 안온安穩이여

변화

쉰 나이가 그 갑절만큼의 무게로
빈 손이 세월로 쌓인 어머니
어머니는 참 믿는 신도 많으셨다

선영신, 조왕신, 북방신, 남방신
신들은 또 다른 신들을 불러 모으고
이제 이름 모를 신들까지 큰 짐이 되어
어머니 손엔 물 마를 날이 없으셨다

그러다 예순이 가까울 즈음 누군가
하나님의 기쁜 소식을 알리고
그 많던 신들의 성토가 기도로 멀어진 뒤
하나님 아버지의 이름이 입술에 익을 때

온갖 시름 예수께 맡기고 마음에 평강 심고
일흔 여섯 해를 주님 찬양으로
변화되어 하늘 가신 어머니

교정校庭

혹한 속 움츠린 자연이
온기에 기지개로 일어서듯
삼월엔 햇자리 다툼하는
초롱한 눈망울들
생기로 교정을 부풀리고

계절은 그들을 키우는 영양소
저마다의 발걸음만큼
꿈들은 영글어

언제 문득
선생님들의 키가 작아 보이고
운동장도 더는 넓은 공간이 아닐 때
훨훨 교문을 박차고 날으는 힘

뒷모습에 눈을 둔 선생님들은
온갖 상념에 잠기며 그들의 걸음이
더욱 더 힘찬 활보이길 비는 마음

교정은 다시 추운 2월을 안고 살지만
3월이면 또 그리게 될 수채화 덩이들

그럴 수밖에

'어서 오세요'
'반갑습니다'
'살펴 가세요'

웃으며 반기는
다섯 글자의 매력

친구요 가족 같은
그 정에 끌리어 오늘도
가까운 가게를 뒤로하고
먼 길을 가고 있는 나

창窓

안도安堵한다 오늘도 너 있음을
세상이 온통 너를 향해 밀려오던 날
그때 사랑의 씨 하나 묻어 와
나를 안아 키우고 살찌우다
어느 날 사랑은 떠나고
나는 밤과 낮과 더한 밤들을
너에게 눈을 못 박았다

바람만 너의 주변을 서성이고
외로움의 끝자리
구름이 눈물로 될 때도
휴식 모른 내 가난한 영혼은
네게 다가올 잃어버린 것을 위해
오늘 다시 너 있음에 안도하며
평온의 침대에 잠을 누인다

마음

1
별들이사
할 수 없지만

닭에라도
행여 들킬라

물동이 받쳐 이고
어둠 갈라

우물터로 스미시는
어머니

오늘도 자식 위한
뜨거운 빔 손

2

자식 공부 바리로
쌀 두 말 이시고

삼십 리 황톳길 내쳐
선창을 허적대시던 어머니

설운 가난 고된 살이
파도에 묻고

바람이 뱃고동 되어
갈매기 하늘 높이 날려 띄운다

만약에 그러시면

여보세요, 여보세요!
응…
아부지, 식사하셨어요, 식사요?
응, 안 들려. 뭐라고?
마루가 들썩거릴 듯 고함이 이어지고
괜찮다. 밥 먹었다. 내 걱정 마라.
겨우 안부전화로도 십수 분이 부족하다

얼마 전만 해도 하실 말씀도 줄이시고
통화료 걱정에 그리도 알뜰하신 마음이
그만 끊자 먼저 수화기를 놓으셨는데
몇 마디 안부 묻는 일이 이리 더디니
아버지의 그 밝던 이성 어디로 간 걸까

아흔 남아 해를 허구 헌 사연 듣기 지친 귀니
이제 좀 쉬시라는 신의 또 다른 은총이겠지
어설픈 위로로 눌린 마음을 다스려 보지만
그러다 정작 귀 막히시고 입마저 닫히시면…

향수

바람이 쓸고 간 오후
황량한 내 뜨란에
새 하나 날아와
여정 길 머언 섬의
갈 봄 여름을 소곤대고
나무는 환호의 맥박에
숨 가빠 하며 가지에
생명의 무게를 싣는다

그리고 언제 충실의
언어들이 다 하는 날
새는 그렇게 또 떠나고
뜨락엔 공허가 깃들지만
섬으로의 향수는
돌아올 새의 보금자릴 위해
나무는 오늘도 무성히
가지를 살찌우고 있다

그렇게 보내고

그녀는 떠나갔다
산소마스크 속에서 옹알거림으로
가슴 깊이 묻어 둔 허구 많은 사연들
큰 한숨 속에 다 털어버리고

무어라 옹아렸을까
사랑했다고 아님 미웠다고
자식들 잘 부탁하노라고
앞으로 혼자 어떻게 살 거냐고
눈물보다 더 짠 아림으로
나는 차마 눈을 피했다

많은 날 우린 같은 바다에서도
광어와 도다리마냥 다른 시선이 되어
서로에게 상처라도 다독여줄
좁은 가슴 하나 지니지 못한 채
시간을 버리고 있었다

그러다 병동 802호 생의 마감 이틀 전
둘이는 눈을 마주하고 누워 광어가
도다리에게 조용히 물었다
"여보, 지금 당신 곁에 누가 있길 원해?"
"당신이…"
맥없이 놓아버린 그 한 마디에
우린 한 도다리 똑같은 광어가 되었다

동행

해질녘
보도 위를 휘청거리는 늙은 부부
바라보는 눈이 아리고 측은하다

거동 불편한 아내는 허리 굽은
남편의 옹골찬 손에 온몸 맡기고
쓰러질 듯 위태해도 짜증은 없다

얼굴 위로 스며 퍼진 저 평온과 여유
눈비 견디며 굴곡진 험한 길을 지나온
허구한 밤과 낮의 알찬 열매이겠지

내딛는 걸음 거-ㄹ으-ㅁ 한없이 더뎌도
발자국 발자국마다 진한 사랑 새기어
황혼의 보도 위가 눈부시게 빛난다

미소 그것

오늘은 행복한 하루이었습니다

발걸음 가벼이 얼굴을 활짝 펴고
마주치는 면면들이 모두 정답고 사랑스러웠던 것은
내게 무슨 횡재나 행운의 여신을 만났던 게 아니었습니다

험한 언어 거슬리는 무례함도 수이 넘기고
예리한 칼날도 무디게 만들 수 있었던 것은
내게 없던 초능력이라도 생겼던 것은 더욱 아니었습니다

어제 저녁 당신의 김치찌개 맛은 일품이었습니다
오이냉채 열무김치 제육볶음은 더할 나위 없지요
허나 그런 건 순간의 미각을 만족시킬 뿐

다만 오늘 아침 출근길
넥타이 바로잡아 매어준 당신의 부드러운 손길
전에 없던 상냥스런 그 미소가 나를 일으킨 힘이었습니다

오늘 하루는 정말정말 행복했습니다

장수한다는 것

흔적들 돌아보면
화려한 물감 짙게 채색된
수채화 한 폭

이젠
시간의 무게에 짓눌려
찢기고 빛바랜 한 장의 고화枯畵

일흔하고 여덟 해까진 그래도
노랫가락 주고받던 따스한 가을

그러나 10여 년 홀로
하루를 삼 년으로 견뎌 살아온 노인

그 외아들은
서울서 전화로 입발림 효도나 하다
가뭄 콩보다 드물게 찾아든 문안 길에
고희 내일인 자식 시장기 달래주려

부엌으로 허전거리시는 아버지 모습
뒤쫓다 울컥 단숨에 달려 마른 나무
홀렁 껴안고 하늘로 눈길을 돌리며

아흔 넘어 장수가 복은 아니라
정녕 복만은 차마 아니라

반향反響

네 이름 눈 위에 새기면서
나는 이미 너를 잊었다 했다
바람이 불고 햇볕 비추이면
눈은 자취도 없이 녹아들고
그 이름 대지로 스미어
흔적 없이 홀가분한 밤일 때
잔인한 4월에라도 나는
너를 까마득 잊은 채
가뿐한 날들을 호흡하리라 했다

허나 그게 아니었다
눈은 녹아 땅 속을 촉촉이 적시고
그 속에 씨 한 알 품고 감싸 안아
또 다른 이름의 꽃으로 키우고
너는 니스칠 된 나무 생채기가
그 칠로 하여 더욱 선명해지듯
반향의 몸짓으로 내게 다가와
5월이 다 가도록 나는 마냥
너의 향香에 가슴 아리하고 있다

고향 별

그저껜 철이가 꿈 캐러 집 비우고 떠나고
그끄껜 삼순이가 들것 무등 타고 뻐꾸기
울음 따라 안산 중머리 고개를 넘었다

물맛에 비위 상한 도미 숭어 떼들은
대처로 나가 새 살림 꾸리는 일로 바쁘고
갈매기 울음소리 멀어진 지 오래다 이렇듯
고향은 가뭇없이 사라져버린 허허 바다

허나 슬퍼하지 마라 저기 저어기
하늘 창고에는 시간보다 더 긴 사연을
간직해 온 수퍼 컴퓨터가 있으니

문풍지와 나

둘이 아니다
너와 나

가벼운 봄바람
작은 부추김에도
한껏 고무되는 나

스르르 이는 바람
살랑대는 대밭소리에
바르르 춤추는 너

추운 겨울
매서운 바람에
삭신 바르르 떠는 나

섣달 설한풍에
푸우푸우 입김 뱉어
온몸으로 울어대는 너

바람으로 살고
바람을 견뎌야 하는
우리는 그렇게 하나

운명

꿈
170cm의 키에 날씬한 몸매
보조개 가진 얼굴
피부는 하얄수록 좋다
큰 눈에 부드러운 목소리
문학을 얘기하고
철학도 논하면서
서로의 자잘못도 미소로
녹여주는 여인

현실
158cm의 작은 키
매부리코 사나운 눈매
거무접접한 피부에
앙칼진 하이 소프라노
정일랑 엿 사먹고
따지길 좋아해
무드 없는 고집불통

꿈이 잘못된 현실의 여인

그리고 그런 꿈을 꿀
자격도 없는 한 사내

송아지

어디 천국 앞마당인 양

너 세상 모르고 뛰노는구나

그래 뛰어라 시방

껑충껑충 뛰어라

네 어미 네 아비의 삶을

나는 아노니

그런 때가 있다

세상이 나를
내가 나 되는 걸
거부할 때가 있다
내가 향한 시야가 남에게
다른 시선으로 머물고
충정어린 말도
걸림이 되는 그런 시간들
진실마저 남의 눈엔
한 편의 연극으로 비칠 때
말 못하고 가슴만 태우는
공허롭고 안타까운
그런 때가 있다

노년예찬

살아가다 시나브로
발걸음 무거웁고
시야 흐릿해 오며
귀가 제 구실 못하고
판단이 더디더라도
그리 슬퍼할 일만은 아니다

젊은 날 가벼웁던 그
발길은 어디를 향했으며
눈은 무얼 갈망했고 귀가
듣고자 했던 것은 그리고 또
빠른 두뇌는 무엇을 고뇌했던가

느리더라도 그대 이제
가야 할 곳만 가려 딛고
세상은 조심스레 살피며
귀는 듣기를 더디 하고
때에 맞는 깊이로 생각하는 것

이 바로 신이 내린 또 다른 축복

젊음은 용기를 과신하기도 하지만
지혜는 연륜 위로 차곡차곡 쌓이는 것

2부

자연

봄 교향곡
- 목감천의 3월

'솔베이지의 노래' 다
아름다운 선율
베르겐 필보다 더 감미로운 하모니
사르르 목감천 물이 파문을 일으키고
학 한 마리 물결 타고 그 위를 난다

이제 선율은 약동하는 봄으로의 템포
단원들은 일제히 백발을 휘날리며
지휘봉의 춤사위 따라 현 위를 달리고
계절의 방청객 잉어 송사리 떼 몰려들면
냇가 패랭이 민들레도 귀 쫑긋 세웠다

사람 하나 없는 목감천의 오케스트라
백발의 갈대들이 베테랑 교향악 단원
바람은 하늘이 내린 천상의 지휘자

강물

태고의 신비
어둠 헤쳐 나온
어머니

대지를 키우고
생명을 살찌우며
낮은 자세로만 살아온
겸허의 시간

목메인 그리움에
여정길 험해도
부드러움으로
모든 강함 물리치고

하나 되려고
커다란 하나 되려고
스치는 손길마다
함께 어우르는 정情

산까치

물 그리운 토요일 오후
산등선 내음에 입이 타는데
내 발길 잡아 묶는 산까치 두 마리
한나절 계곡이 소란스럽다

한 놈이 웅덩이를 퍼득이면
다른 놈은 나무 위에 사주경계
올 내림이 그리 민첩한데도
리듬은 네 박자를 놓치지 않는다

까치들이 다정히 나래 쳐 떠난 자리
계곡엔 다시 8월이 익는데
끌어안고 지켜주는 그 갸륵함에
사람이 부끄러워 나 비지땀 흘린다

사이

눈 가리고 귀 잠재운 밤
사이
하늘에선
정화淨化 회의라도 열렸던지
창밖 세상이 온통
하얀 살결 소복하다

눈은 이미
고향에 머물고
토끼, 꿩, 기러기 떼를 쫓다가
두 살 백이 재둥이와
눈구덩이를 헤집는데

멋없이 무심하게
삽자루 우겨 밀며
아내는
어느 사이
꽁알할매 되어 있다

서리풀 공원

먼 산은 눈으로 게으르고
높은 산은 두려움이 오지만
우면산자락 어디
평화로이 누워
넘치고 모자람 없이
모든 이 감싸안은 너

너는
여름을 식히고
가을을 누리고
겨울도 이겨
꽃 기르고
새 품에 안고
서기 어린 풀 키우니
그래 누가
서리풀이라 했나

봄비

징소리
장고소리

꽹과리 치는 소리
지신 다지는 굿패

흔들리는 신대
무당의 강신무

바라 휘두르는 중
너울대는 춤사위

어머님의 빈 손 아버지
이마에 주름 펴지는 소리

하일夏日

태양은 구름 새로
숲속 매미들을 꼬드기고
꽃게들은 갯벌에서
더위를 도리질할 때
목화밭 사이를 웃는
노랑 주렁 외
외할머니의 카랑진 목청
내 발꿈치가 저린다

아스팔트 밭에서
소는 아버지를 원망하고
어머니는 하늘만 응시할 때
마루 밑을 누리는
누렁이의 후각
당산나무 위 놀란 꿩
날개가 떨어진다

악동은 책가방에서

붕어를 낚고 초동의
꼴망태는 한나절을 기다려
논두렁을 채울 때
벼 포기 사이를 졸고 있는
배부른 메뚜기
할아버지 잠뱅이 속으로
여름이 흐른다

봄날

초본골에 봄눈 녹으면
얼었던 시신屍身들은
기지개로 관棺을 늘리고
하품소리에 놀라
젯등 까마귀 떼가
북산으로 나래 쳐 달아나면
아이들은 두려움을 가시고
하나 둘 뫼 토방 둘레에서
햇자리 싸움으로 몸을 덥힌다

진달래 내음에 잠을 설친 춘아는
나물바구니로 친구들을 모으고
아지랑이 틈 사이로 스며 퍼진
처녀들의 탐스러운 웃음소리에
선머슴 춘복이는 애꿎은 소의
철 이른 꼴 나들이를 재촉한다

낙엽

점點의 시간
선線의 율동
색色의 향연을 펼치다

하오下午의 바람은
조종弔鐘을 울리고
기웃기웃 천 년
삶의 끝자리에서
학의 나래짓인 양
이별도 여유로 삭인 평온

황혼의 애별哀別
너는 언제 또 죽음의
미학美學을 익혔단 말인가

가을

공원 양지곁

중년 감나무 위에

누릇 붉은 감들

지나가는 바람 붙들고

누가 멀리 뛰어내리나

몸풀기 한창이다

돌단풍

이월
마당 후미진 곳에
돌단풍 하나 떨고 있다

벗은 삭신은 상처로 덧씌우고
빠진 이 사이로 인고가 들락인다

바위 틈새에서도
8월의 주천 강을 누렸던 호사

이제 물소리 새소리 다 잃고
저렇게 이월을 부대껴 한다

허나
봄바람에 외할머니 삭신이 풀리듯
돌단풍도 얼음장 밑의 봄소리 듣겠지

매화 분재

3월 하루
소롯이 부푼
여남은 살
소녀의 젖가슴

너를 마주하는
나의 언어들

초조

연민

기도

아내의 손 끝

그리고

반향反響으로 다가온

귀하디 귀한 단심丹心

목화

아내는 언제
문익점 혼 배어

거기 플로리다 지나던 길
품속에 목화씨 몇 알 안고 와

화분 위로 소담스레 피어난
희붉은 목화꽃 볼 때마다

어린 시절 외 따러 목화밭 헤집다
외할머니 호통에 오금 저리던 생각

목화 망울 하얀 속 드러내면
헌즈빌 어느 휴게소

검둥이 모녀의 하얀 미소와
뉴저지 목화밭에서 땀 흘리던 노예

베틀에 시름 실어 밤 밝히시던
어머니의 가녀린 모습도 살아나

기인 여름이 갸륵한 아내의
정성으로 영근다

민들레

향으로 피어
코끝을 간질이거나
화사한 5월
정원의 부드러운 흙 속에
풍요를 누리는 꽃이라면
나 너를 잊었으리라

허나
누천 년 짓밟혀 온 이 땅
어디나 얼은 살아 숨쉬고
고난의 모진 삶 속에도
생명력은 용솟음치듯

인동의 세월 견디며
길섶의 다져진 흙 박차고
무슨 힘으로 일어서
다소곳이 고개 내민
너의 노란 미소

조롱박

매어달려
사는 삶이
어디
쉬우랴마는

큰 바람
쏟아내린 폭우
좁은 어깨로 툭툭 털고

기인 여름
가녀린 생명줄 붙들고
너 잘도 커가는구나

백합

외로움이 옹그려 사는 뜨락에
때 늦은 광풍이 휘몰아
수해를 인고한 장미
목련도 순간 시들고

서러움을 안고 사는 뜨란에
한숨은 깊어 골 되어 흐르고
헤진 상처는 세월을 탄하다가

사월 한 날 미풍이 일고
태양은 마음으로 붉어
너 하나를 대지 위로
떠올리는 염원의 정

조바심이 퍼져나는 뜨락에
기다림은 밤낮을 뒤척이다가
다가서는 순결의 아침

너의 짙은 체취에
취해 사는 기쁨
내 혼 같은 꽃이여!

칸나

가슴 속
무슨 사연

온 여름을
피로 앓다가

설움도
기진한 채

잎마저
바람에 찢겨

초겨울
텅 빈 뜨락에

바람 붙들고
탄歎한다

샛별

새벽 동천冬天에

별 한 점

내 이가 시리다

그 진달래

때 잊은 늑장인가
들뜬 조급증인가

양력 섣달도 한중간인데
너는 가년하게 홀로 얼굴 내밀어
산행길 내 발목을 붙드는구나

꽃의 아름다움은 보는 이의 마음
꽃이 꽃다움은 계절의 정감인데
너는 가련히 한겨울을 부대끼나니

세월로 쌓인 무게 허적이는 나의 발길
네 모습에 내가 서려 더욱 가슴 아리다

호사한 장미는 6월 뜰이 아름답고
가을은 소담스런 국화로 그윽한 것

간절히 바라노니 너 이제
봄소식 실어나르는 진달래로만 되거라

목련꽃

하얀 붓들
하늘 향해
여기저기
곧추서 있다

허공에
무슨 그림
그리려나 보다

저런, 무심결에
지나던 바람이
무어라 꼬드겼나

고개 조아리다가
물감도 찾기 전에
제풀에 꽃 되어
분분이 꽃잎 흘리는
저 조급증

3부

삶 자리

친구라는 말

글친구, 술친구, 낚시친구, 여행친구
익숙한 '친구' 라는 뜻의 'friend' 가
내 귀를 득도得道시키는 사건이 있었다

플로리다 클리어워터 포구
강태공의 후예들이 부푼 꿈 안고
멕시코만으로 진군하는 배위에서
내 눈길을 사로잡던 다정한 세 사람
백발노인과 고1쯤 되는 소년 두 명
나는 호기심에 한 소년에게 물었다

"이 분이 너의 할아버지시니?"
놀랍게 돌아오는 대답 'my friend'
'내 친구' 라니, 귀를 의심하며 이젠
백발노인에게 "손주들이냐?" 묻고
똑같은 대답 'my friend' 를 얻었다
이웃에 사는 '이웃친구' 란다

마음 털어놓고 얘기하고 취미가

같다면 친구 되고 벗인 것을

장유유서長幼有序에 발 묶인

나는 'friend'에 그리 인색했으니

간닷개 잔등

바라보던 석이 녀석 눈이
쪼르르 배고파 넘고
굴 캐러 간 엄마는 부푼 젖이
실개천 되어 흘러내리는
대문 안집 할머니의 굽은 등 같은
고갯마루

어제는
춘심이가 나물 캐러 오르고
현이 총각이 내려오고
구성진 가락도 흥겨이
꿈으로 날아오르더니

오늘 아침 쑥국새가 쑥쑥궁 쑤궁
삼순이가 올라간다 들것 무등 타고
시름이 넘어간다
설움도 따라간다

*간닷개 : 가운데 개의 준말

영리한 개

모처럼 들른 고향집 마당에는
늑대만한 개가 다섯 마리나 있었다
그중 한 놈이 내게 으르렁대더니
지붕 위의 닭 보듯 이내 관심도 없다
한 식구인 걸 알기 때문이라시는 어머니
개 칭찬이 한두 가지가 아니다
'밥 먹는 것도 순서를 지키기
밤이면 교대로 대문 앞에서 보초서기
한밤중에 들었던 도둑 물어 쫓는 일 등'

다음 날 아침 내게 다가와 애무하는 놈들
놀랍고도 영리한 개들임이 분명하다
헌데 다시 생각해 보니 그렇지도 않은지
그토록 도둑을 잘 지킨다는 놈들이
알량한 불효자식 공부뒷바라지로
소 세 마리나 없애고 논밭뙈기 팔아먹은
진짜 도둑을 앞에 두고 꼬리를 흔들다니

유럽에서

모차르트의 천재성
비너발트 숲길 위로
솟아오른 베토벤의 선율

신비의 바티칸 궁전
작열하는 태양으로 살쩐
나폴리 소렌토

고고한 티틀리스 설봉
오지리 스위스 이태리
또 다가서는 찬연한 유럽

그 숱한 역사의 무게들
경이로움에 짓눌린
유구 반만년 동방의 등불
버거워 가물대는데

마주치는 반도의 면면들

활기찬 미소로 살아나는 혼
어제보다 더 나은 내일 위해
훨훨 나래쳐 오를 꼬레아 꼬레안스

만국 공용어

디즈니 월드 관광길에
볼 일이 다급해진 처형이 화장실을 찾았다
영어라곤 오케이 헬로우 밖에 모르는 그녀
급기야 남편의 도움을 청했는데 아뿔싸
화장실하면 WC 밖에 모르는 내 동서
더블유 씨 더블유 씨 아무리 외쳐도
무심히 지나가는 귀머거리 미국인들

다급해진 처형은 이제 다가오는
미국 아가씨 붙들고 오만상 찌푸리며
자기 엉덩이를 두드리니 Oh하며
친절히 화장실 앞까지 안내해 주었다

바쁜 세상 언제 레스트룸, 토일렛, 레바토리
배고프면 입으로 손 숟가락질 시늉하고
목마르면 또 그렇게 몸짓 손짓하면 그 뿐

해금

무슨 설움 응어리져

한恨으로 맺혀 숨죽이다가

으 으 응 어 어 어 엉

울어버린 현弦

세리 박

일 년 후면 숨통이 트이리라는
대통령의 고무에 찬 결의도
구제금융 괴력에 맥 못 추며
사는 일이 마냥 버거운데
카타르 도하에선 또
MEXICO : KOREA 3:1
NETHERLAND : KOREA 5:0

밤을 놓친 보람도 헛되이
전해 오는 비보 또 비보
붉은 악마들의 가슴 아린 허탈감
사람마다 처진 어깨에
삶이 흐릿한 안개에 쌓일 때

어느 이른 새벽
신나게 잠 깨워 환호로
전해 오는 낭보 낭보
해냈다 또 이겼다

부지깽이 다루던 우리 아낙들의 솜씨
동방의 어린 낭자로 이어
10m 훨씬 넘는 홀도 그림처럼
버디로 빨려 들어갈 때
놀라는 골프 천국 미국
세계의 찬사들

깔보지 마라 작다고
대륙의 좁은 끝 한 점이지만
이 땅엔 유관순 누나가 살았고
바다를 호령하던 장보고의
담력보다 더한 우리 딸
세리가 있단다

식도

격포항 파도 따라
변산 바다 한가운데 들면
솟아 있는 모자 섬에
고향 정情 그리다가 문득
식도 어부들의
순박한 인정을 만난다

그들은 우리처럼
별을 그리워하거나
자연을 거스르는 일 없이
하늘과 물에 삶을 맡기고
고기들과 이야기 즐기며
바다를 벗 삼아 살아간다

남정네보다 더 긴
하루를 사는 아낙들은
비릿한 생명의 내음으로
아이들을 살찌우기에

식도에선 늘 조약돌만큼의
옹글진 오색 꿈이 영근다

월드컵 예선전

36년 일본의 착취에 못 견디던 애비는
허기 안고 세상 숨쉬려 북간도 상해 시베리아
통한의 방랑생활에 지쳐 이를 갈며 동사하고

어매는 오매불망 임 그리며 핏덩이 자식 젖 불리려
송피 무명씨 보리개떡 닥치는 대로 주워 삼키다
무슨 탈인지 시름시름 그렇게 가더니

명줄 질긴 어린 핏덩이는 말문이 트이면서
젓가락과 와리바시 네와 하이 사이를 오락가락
얼치기 회색 반벙어리가 되고

그 자식의 자식은 제법 트인 눈으로
세상을 삿대질도 해 보고 싹수가 보이더니
가라오케 야쿠자 닌자 강타에 멍이 들 무렵

시월 밤, 카타르 도하 휘날리는 월드컵 플래카드
Japan2 : Keroa(괴로와)0, 일본2 : 한국0, 일본2 : 하랑0
장난치는 그들 꼴에 두 주먹 불끈 쥔 자식의 자식들

채팅

'미안 바빠서요'
매몰차게 던진 거부 메시지
예순 나이를 되돌아보는 나
허탈함과 자괴감에 맥이 풀리지만
어제가 오늘이요 그제가 어제 같은
무료한 일상이 지겨워 나는 다시 한 번
서툰 손놀림으로 자판을 두드린다

44세 서울, 46세 대구 그리고 경기
모두 만만한 세월이 아닌데
'바빠서요'
그러다가 측은함인지 누군가 말문을 열면
나는 낭떠러지에 매달린 조난자처럼
온갖 고상한 표현을 밧줄삼아 상대를 붙들려 하고
늙고 진부한 내 속을 간파한 상대는
'이만 미안!'
1:1 대화를 마감합니다

인터넷 고스톱

똑딱 똑딱
'피 내놔라.'
'아따, 감사합니다.'
설거지가 무섭게 시작되는
인터넷 고스톱
아내는 요즘 거기 푹 빠졌습니다
환호하고 투덜대고 책상을 치더니
생선을 태우고 국솥이 타고
부엌에 타는 냄새가 진동할 때도 있습니다
돈도 걸려 있지 않은 게임 무슨 재미냐 물으면
돈 없이 즐기는 인생이 어디냐고 대꿉니다

어느 잠이 오지 않은 밤
아내의 자리에 내가 앉아
똑딱똑딱 그 게임을 시작합니다
소심하여 돈을 적게 딸 때도 있고
과한 욕심으로 바가지를 흠뻑 쓰기도 합니다
좋은 패로도 돈을 잃거나

시답잖은 패로 거금을 따는
순간의 선택으로 엇갈린 희비
아내처럼 나도 그 인생에 푹 젖습니다

산 오르기

백운대에 올랐다
모두들 쉬이도 오르내리는 길
나는 손바닥으로 정상에 올랐다

학창시절 산악부 친구 따라
인수봉에 오르던 길 중간 어디쯤
저 밑을 내려다보았던 게 잘못이었다

목소리마저 죽어 들어갔던 나는
짐짝처럼 밧줄에 끌려 정상에 옮겨지고
네발짐승으로 벌벌 기어다녔던 그 후

이층 옥상에서도 현기증으로 후들거리던
그 다리로 이렇게 또 높은 산에 오르다니
참 기특하고 대견스럽기도 하다

허나 그게 무슨 대수란 말인가

지금 산이 내게 땀 흘리는 내력과
하늘 가까이 하는 법과 고개 숙여
땅을 내려다보는 도리를 알게 하는데

반거충이

고교시절
쟁기질이 하고 싶었다
상머슴이 한다는 쟁기질
나라고 못할 것도 없지

마구의 소를 끌고 백사장에 나아가
꿈틀대는 지렁이 그리기를 한나절

상머슴이 대단한 건 아니라는 자부심
부은 가슴이 이제 실전을 갈망하고 있었다

고양이 손도 빌린다는 가을 농번기
기다리는 자에게 기회는 오는 법

뒷집 반거충이 아저씨의 부탁이 왔다
방천 안골 밭의 고구마를 캐어보자는

상머슴 될 속마음은 겸손으로 덮어

사양의 미덕도 보이며 밭으로 향했다

능숙한 소 따라 순풍 타고 나아가는 밭갈이
헌데 아뿔싸, 쟁기 지난 자리마다 거의 다
두 동강이 되어 하얗게 올라온 고구마들

스무 두둑 고구마 밭이 온통 상처투성인데
괜찮다 다독이는 반거충이 아저씨와
쟁기 위의 나사 하나로 땅 속 깊이도
조종할 줄도 모르는 반 반거충이 일꾼
상머슴은 무슨

골목

골목 안엔 언제나
훈훈한 기운이 감돌고
오가는 눈빛이 정거워
수인사로 마음이 열린다

살아가는 모습들이사
제 각각 다르고
어머니의 땅이 같은 건 아니지만
사람들은
오누이 형제인 양 다정히
한 동아리를 이룬다

지구촌의 하 작은 한 점
여기에도 삶은 무게를 지니지만
하여 생활인의 내음이 풍기고
꿈과 우정이 옹골지게 영글며
변치 않는 사랑이 깃드는 곳

남자의 가치

뉴질랜드에선

여자가 제일이고

그 다음은 개

남자는 개만도 못하다고

말을 전한 친구에게

그럼 자네 개나 되게, 했더니

이 사람 말이 그렇다는 얘기지

헌데 그 말과 같은 그런 남자

여기저기 째었다

참살이 공식

어려운 3차방정식도
더하고 빼는 일로 문제가 풀리듯
살아가는 일 또한 공식은 하나
X엔 얼마 더하고 Y엔 얼마 빼고
그러노라면 사랑, 건강, 행복
모두 해답 되어 나오는 것

오늘 하루 지낸 일 생각하면서
내일은 x(욕심)은 얼마를 빼고
y(현실 만족)은 얼마를 더하면
행복이 자연 답으로 돌아오고

x(운동)에 얼마를 더하고
y(음주, 담배)에 얼마를 빼면
건강은 그렇게 다가오는 것

사랑도 x(이해, 용서) 더하고
y(미움, 시기) 크게 줄이면

우주라도 감싸 안을 힘 생기니

오늘보다 더 나은 참살이 위해
더하고 빼는데 정성 다 할 일
다만 x와 y의 수량의 정도는
당신의 몫

그 바다

들과 산 굽이돌아
발길 멈춰 세운 끝자락
그리움 묻힌 곳

내 어머니의 어머니
그리고 또 어머니들의
어머니를 있게 한 원천
생명의 줄 이어오던 그곳

지친 내 육신의 피로는
사르르 발 밑 간질이는 포말
옛 자장가로 잦아들고
숱한 삶의 상흔도 비취빛
강보에 싸여 치유의 잠을 재우는 곳

그곳에선 또
모난 내 일탈과 망상들을 시리게
질타하는 포효의 파도가 일렁이고

병든 내 자아를 치유하는 모정으로
창공을 향해 다시 나래짓할
정열이 꿈틀거리는 곳

도둑잡기

고프기만 하던 시절 밥 한 톨 건지려
함지박 물 다 퍼마시던 고향 촌로村老 생각에
두어 숟갈 남은 밥을 물에 말았다

한 숟갈 두 숟갈 그릇을 비우려는데
퍼 올린 수고보다 소득은 인색하여
입 안은 번번이 가난한 잔치로 끝나고

몇 알 남은 밥을 보석 찾듯 헤집어도
끝인 듯한 밥알들은 요리조리 피하며
공들인 내 숟갈질을 잘도 비웃는다

하릴없는 숟갈질을 실없이 웃다가
도둑잡기 어려운 속내 알아보면서
밥상 앞의 배부른 장난에 얼굴 붉힌다

응암 휴게소에서

돌 속에 혼魂이
세월의 무게로
손짓해 있고

정情은 대화로 삭이어
피로의 일상이
담배 연기로 피어오를 때

정공등차 그윽한 향에
여심女心은 따라와
남겨둔 만큼의 여유로
삶은 영글고

마가목보다 더
짙은 끈적임에
응암의 동짓달 저녁이
석인石人의 발길을 붙든다

연連 ─ 연리목連理木

그것은 갈망의 몸부림
그리움의 표징이었다

어느날 일상으로 가벼이 오르던 산행길
우연히 눈맞춤한 아카시아 나무 두 그루
뻗은 가지가 손 맞잡고 하나 된 것을 보고
그 모양이 다정한 친구의 어깨동무 같다 했는데

누군가 그것은 연리지連理枝, 애절한 사랑의 퍼포먼스라 알리자
내 눈은 차원이 다른 시선으로 둔갑되어 보이는 모든
숲의 세계가 온통 숨 막히는 사랑의 밀어 장소일 때

아뿔싸, 나는 보았다
서로 류類가 다른 두 나무가 몸통을 맞붙이고 하나 되었다가
그리도 견디기 어려웠던지 몇 년 후 다시 또 몸들을 뒤엉키고
그러다가 이제 그들은 인내심이라도 가늠해 보듯 잠시 헤어져
6월의 하늘 향해 정열을 비축하고 서 있다

그런데 두 번씩이나 살을 맞대고 살아야 하는 저 허기진
그리움은 무엇의 화신이며 누구를 위한 향연이란 말인가

거시기

어렵고 곤란한 처지엔
아다지오 템포로
거ㅡ시ㅡ기

기쁠 땐 또
프레스토 박자로
거시기

화나고 답답하면
소프라노 톤으로
참! 거시기

정류소도 몰라라
사람 찾아 멈춰서는
시골 버스마냥
거시기는 더디고 때론
지루하기 짝 없지만

거시기 한 마디에
묻어오는 고향 산
고향 바다 내음

거시기 그 속엔
넓고도 깊디깊은
거시기한 맛이 있다

메모리 칩

하얀 밤
속절없이 펜만 원망할 때
천정 위를 느닷없이
파고드는 귀에 익은 저 소리

두두둑 쓰르륵 쓱쓱 찍

아니 이 도시의 가난한 천정에
무엇 찾아 먹겠다고 저놈들은
기약없이 찾아와 저리도
이 깊은 밤을 대낮삼고 있는가

그러다 이내
원망 좇아 파고 든 뚜렷한 회억

　　그 시절
　　문풍지를 후려치는 모진 바람에
　　자라목 되어 이불 파고들던 겨울 밤

큰방에선 아버님 기침소리 들리고
어머니의 가는 코골이로 하루가 삭아들 때
시간 어기면 제명처분이라도 당하는지
어김없이 찾아들던 내 방 천정의 그 불청객

두두두둑 찍 쓰르르 싹싹

놈들의 오도방정에 나는 밤을 도둑맞고도
뒷날 아침이면 내장을 송두리채 할퀸
고구마 잔해로 내 어설픈 파수꾼의
무능함을 하릴없이 힐책도 하던
그리고, 그리고, 그리고 또…

펜 끝으로 딸려오는 하 많은 조개들
이제 나의 밤은 옹골지게 진주를 캐느니

고맙다 서생원, 너 추억의 메모리 칩

너희가 어찌 하늘 일을

예전 습관 그대로
금요일 오후가 되면 친구들은 내게
휴대폰 벨을 울려옵니다

'야, 토요일 10시에 X기원에서 만나자'
'아니, 안 돼. 나 기도원 봉사활동 가야 해'
'몇 시에 오는데?'
'응, 하루 종일 걸릴 걸.'
'야, 무슨 일을 그렇게 오래 하나!'

또 금요일 오후면
친구는 어김없이 내게
전화 신호음을 울려옵니다
'야, XX가 점심 산대. Y식당에서 12시에 보자.'
'아니, 못가. 나 여주 봉사 가야 돼.'
'무슨 일을 그리 하는 건데.'
'삽질, 곡괭이질, 질통 지기'
'너 노가다 된 거야.'

다시 금요일이 되면
친구들은 '이번엔'을 기대하며
내게 연락해 옵니다
'야, 내일은 시간 있지?'
'○○○가 오랜만에 서울 올라왔대
오후 시간 괜찮지?'
'아니, 안 돼. 나 기도원 청소 가야 돼.'
'아니, 하루도 안 거르고!
야, 믿어도 곱게 믿어. 이 미친놈아!'
'그래, 땅에 사는 너희가 어찌 하늘 일을…'
너털대자 전화는 끊어집니다

광야길

머리가 휭휭 돈다
가나안을 향한
이스라엘 선민의 행군

지하철을 내리자
좌로 돌아 오르고
위로 뒤틀어 돌아 내리고
십리라도 되듯 곧장 내쳐 걷다가
계단을 오르고 또 우로 돌고
다시 계단을 오르고
좌로 유턴하여 출구를 향해
왼편으로 돌아서 계단을 오른다

불신不信 때문에 이스라엘 민족은
라암셋을 떠나 열하루면 닿을
가나안 땅 가는 데 40년을 헤맸다는데
나는 무슨 죄가 그리 많아 지상이라면
코앞 거리를 이리도 허전거린단 말인가

지하철 3호선을 타고 종로3가에 내려
5번 출구를 찾아가는 길은 바로 광야길
아무튼 눈앞엔 낙원樂園동이 있었다

글쎄

나는 아틀라스 후손임에 겁 모르고 오늘도
수 천 킬로 무게의 우주를 한 손안에 쥐고
세상을 농락하며 무한궤도를 달리고 있다

타임머신을 타고 원시의 평원을 누비다가
또 다가올 세계의 관람자가 될 수도 있다
남인수 이난영에 K-pop의 인기도 즐긴다

먼 나라의 내 살붙이가 눈앞에서 담소하고
신년하례 문안편지가 코끝으로 전해 온다
내겐 난해한 고등수학도 언어의 장벽도 없다

한 손에 세상을 쥐고 손가락이 만능인 나
나폴레옹 괴테 아인슈타인 모두 손안에 있으니
손가락은 불가능을 모른 채 거미발을 놀린다

헌데 꺼림칙하게 스치고 지나가는 그 무엇

글쎄 우리 몸 가운데 가장 무겁다는 머리
그 머리는 지금 어디로 날아가고 있는 건지!

3월엔

3월엔

하늘 치솟던

아우내 장터의 그 함성이

골목마다 휘 감돌고

발소리 죽여 밀회하던

바쁜 역사의 숨결도 살아

대지는 뜨거운 호흡으로

산고의 환희에 가파하고

생명들은 저마다 깃발 펄럭여

하늘 높이 자유를 토한다

조춘 탐석송

겨울의 하얀 생채기는
나비 나랫짓인 양
목 모치는 여울로 삭여들고
풀들은 내음으로
살며시 기지개 펴는 3월
잠자던 석심石心이 새벽을 깨워
강변을 달린다

해묵은 석담石談들은 저마다
귀한 열매 한 알씩을 키우며
설레임으로 조급증에 들어
눈은 이내 돌 바다를 헤집어 간다

저기 손짓으로 다가서는 돌들
어제 그 모습 그뿐인데도
네가 또 다른 오늘의 너 됨은
석인石人의 신명인가
이 봄의 싱그러움인가

고정관념

까치는 배 부분이 하얗고 등은 검은 색이다
뱀은 개구리를 잡아먹는다
개는 고양이와 앙숙이다

이 당연하고도 평범한 사실들이 허위일 때
나는 혼돈으로 허탈감에 빠진다

뉴질랜드 크라이스트처치 공원
까치 같은 새 몇 마리가 종종거리며 모이를 쪼아댄다
그것들은 모두 하얀색 등에 검은색 배를 하고 있다

신기한 마음에 옆에 서있던 본토인에게 물었다
'저거 까치 아니에요?'
그 사람 당연한 사실을 새삼스레 묻느냐 핀잔이다

우리나라 까치는 색 배합이 저것들과 정반대라 했더니
너희 나라는 북쪽, 우린 남쪽 아니냐며 너스레다

뱀이 개구리 잡아먹는 것만 보고 자란 나는
TV에서 뱀을 꿀꺽꿀꺽 삼키고 있는 황소개구리를 보았다

개 두 마리에 고양이 하나를 기르던 우리 이웃집
그중 한 개는 고양이를 동생처럼 보살핀다
고양이가 식사할 때 다른 개라도 끼어들면 여지없이 쫓아낸다

우리들 고정관념은 차마 위험한 것
앙드레 김도 검은 옷을 입을 때도 있다

숭어

지질이도 못난 놈
병신
쪼다

어물전 가판대 위에
나란히 누워 핏발 선 눈으로
나를 노려보는 숭어 세 마리
나는 섬뜩 눈길을 피한다

아니 저놈들이 어떻게
이 시장바닥까지 쫓아와
나를 성토하고 있단 말인가

　　　가난이 하루 세 끼 중
　　　한두 끼는 대신해 주던 학창시절
　　　담임선생님의 깊은 은혜의 보답으로
　　　선생님 댁의 부엌에 몰래 놓아두고 온
　　　숭어 세 마리, 그분 모친의 간곡한 청에도

'출처를 모르는 고기를 먹을 수는 없다' 는
나의 총각선생님의 굳은 청렴정신으로
그것들은 전혀 다른 냄새를 풍길 때쯤
쓰레기더미 속에서 진멸되었다

이 비보를 접한 뒤로 이실직고하지 못한
못난 놈 이야기는 여전히 바다 속에서도
가십거리가 되어 있던지 수십 년이 흐른 지금
여기 누워 나를 성토하는 저 기특한 놈들
저놈들은 그때 그 숭어의 수대 후손 아니면
그 친구들의 후손의 후손일지도 몰라

여행길에서

돌아올 때 짐의 무게가 더한 것은
하찮은 선물 나부랭이에서만은 아니다
발길 따라 묻어오는 온갖 자취들
흐뭇하고 욕된 추억의 면면들은 늘
얼마간 나의 뇌리를 간질이고
이번 여행길도 분명 예외일 수 없다

라오스 방비엥의 탐남동굴 가는 길
논길 지나 섶다리 건너 들어선 마을
길옆에 꼬마소녀 몇 어울려 서 있었다

일행들 향해 익숙히 내어민 꼬막손들
누군가 베푼 선심의 사탕은 한 소녀를
남긴 채 다 떨어지고 서너 살 그 소녀는
그때 빈손을 멋쩍게 거둬야만 했다

눈물이라도 흘리고 싶은 시간 그런데
소녀는 동그란 예쁜 눈을 깜박이며

욕심 없는 순한 미소를 함빡 머금고
손을 흔들어 우리를 배웅하고 있었다

언필신言必愼

초여름 동리 잔등 잔디밭 위에
꾸러기들 옹기종기 모여 앉아
멀리 이웃 마을 상여꾼들의
구성진 상여소리 듣는다

이윽고 원둑으로 들어서는 상여
그곳 수문 목은 너무 비좁아
요령없이 지나기가 수월치 않은데
아뿔싸 상여 앞의 요령잡이 뒷걸음이
일순간 허공을 내딛고 추락했다

'오늘 저 놈 죽었다'

한 녀석이 신난 듯 큰 소리로 외치고
아이들은 요령잡이가 누구인지 추측이 무성한데
얼마 후 사람들은 소리친 그 녀석의 아버지를
들것에 싣고 잔등을 올라오고 있었다

망아 忘我

칭얼대는 아이마냥
바람이 내 등을 떠밀어
차마 거부할 수 없는 나는
슬며시 산길에 발을 맡긴다

제 풀에 흥이 돋은 바람은 이제
내 발길의 길라잡이 되어
길섶의 이쪽 들꽃을 어루만지다
저기 붉은 단풍에 석별을 안기더니
푸른 강물 위로 내 동공을 못 박힌다

바쁜 숨결 고르던 나는 끝내
어설픈 내 삶의 궤적을 가뭇 잃고
이제 바람이다가 꽃이다가
새이다가 묵언默言하며 묵시默視로
그리고 또 본래本來이다가

사가saga

개벽이었다 그것은
골목 안 아홉 집 스물세 세대가
수인사로 얼굴에 웃음 함빡 머금고
저마다 삽이며 비를 들고 나와
밤사이 쌓인 눈을 즐기며 치우는
모습을 보는 건 진정 기적이었다

예전엔 글쎄
아침저녁 마주치는 출퇴근길에서도
남자들은 알카포네이거나 얼치기
격투기 선수 어깨를 하며 지나고
여자들은 알량진 자존심으로 똘똘 뭉쳐
못된 고부간이거나 시누이올케 상관이었다

도시를 핑계삼아 굳게 닫은 문들
이웃집에 아기가 태어나고 건넛집에
누가 아파도 그건 대문 안에서의 일
골목은 늘상 주차며 쓰레기 처리 문제로

전쟁터 아니면 철조망 없는 이국 땅이었다

그러다가 어느날
바람이 휘휙 골목 안으로 늦가을을 몰고 와
골목은 오물이며 가을 잔해 군群으로 엉망일 때
갑옷 앞치마에 빗자루 소총을 든 잔다르크가
혜성처럼 나타나 난적들을 쓸어 일망타진시켰다

속이 후련해진 골목길 그리고
다음다음 날도 이어지는 그녀의 스위퍼작전*에
사람들은 바른 눈으로 다른 세상을 보게 되고 그런데
그 주인공은 엊그제 이사 온 어느 선량*의 아내라는
놀라운 사실을 입에서 귀로 전해 듣고 난 그 후

*스위퍼작전 : 쓸어내기
*선량 : 국회의원

여름전쟁

탁
놓쳤다
응, 이놈이
탁탁
잡았다 만세
만만세
유쾌, 통쾌, 상쾌

내 가차없는 주걱포
일격에 박살난 너의 혈흔
아, 이 승리는 바로
내 수면의 길라잡이

가만 있자 그런데
언제부터이더라 우리가 이렇게
몬터규와 케플릿 사이가 되었던 게

그렇지 그 해 구월 끝자락

너의 선조들은 한밤중의 기습으로
나의 사지를 무참히도 흠집내 놓았고
그때 나는 절실히 느꼈지 우리
조상들의 재래식 연막탄 전술로는
너희 놈들을 퇴치할 수 없다는 것을

그래 우리 영장靈長 동물들은 주걱포며
방모망方毛網, 살모제殺毛劑, 살모향殺毛香
그리고 저 기발한 중국제 전기 그물채 등
온갖 기술을 동원하여 너희를 박멸했지

헌데 너희들도 호락치는 않았어
연막전술, 카멜레온 변장술, 은폐술
또 성동격서 작전, 치고 빠지기 작전 등
그러니 우리 전쟁은 아프가니스탄의 게릴라전마냥
끝나지 않을 거야, 아무리 발달된 전략전술이래도

그런데 이건 또 무슨 얄궂은 심사일까
동짓달 지난 후 가슴 한 쪽이 허전하기도 하니

이사移徙

바람소리 설고
햇자리 바뀌었다

세상 다 안고 살려던
버거운 짐 훌훌 던지고
내 것이라 믿고 살던
내 것 아닌 것들 다 버리니
쌓아온 인연 묻어온 정
아리고 허전하긴 하겠다

그리고 얼마간 혼돈과
또 불협화음 속에서 기억의
회로 좇아 보물찾기 놀이며
제 구실 못하는 눈 때문에
혀와 발에 더욱 힘 실리겠지만

인정은 내 안에서 생겨나고
만사는 내 마음이 주인 되는 것

창 밖 십자가 아름답고

목감천 개울물소리 시원하니

고처 벤 베갯머리 청량淸亮도 하다

이런 생각

선풍기를 농락하며
섭씨 30이라는 숫자가 좀처럼
양보를 모르는 마룻바닥을 투덜거리며
이저리 뒤척이다 천정에 두 눈이 꽂힌다

아니 저기 아직도 선명한 혈흔血痕 한 점
저것은 지난 여름 피를 부른
모기와의 전쟁에서 얻은 승전의 증표

그 치열했던 타격전이 뇌리에 전해 오자
사지 어디고 따끔거리는 악연의 회억이다

지금은 8월도 끝자락, 예전이라면
밤마다 피아간 별난 전략전술로 바쁠 때
헌데 척후병 하나 발견 못한 나는
이리도 아늑한 날들을 향유하고 있으니
이제 모기와의 전쟁은 지상에서 사라진 게 아닌지

얄궂은 향수심으로 천정을 한참 눈 박고 있다
그러다 문득 떠오른 얄량진 생각
만약 모기가 없다면 잠자리도 없고, 새들도 없고
짐승도 없고, 그러면 나도 없다는…

뉘앙스

맛있는 것 같아요
좋은 것 같아요
예쁜 것 같아요

넘사벽, 듣보잡, 맨붕, 엄친아, 수도 없이
허리 잘린 동강난 언어들이 통통 통기고
손가락 끝에서 4차원의 세계가 명멸되며
어제가 수십 년으로 접혀 넘어가는
이 별안瞥眼의 콩 튀기는 속도전 속에

맛있는 것 같아요
좋은 것 같아요

맛있으면 '맛있는 거' 고 좋으면 '좋아요' 지
'…같아요' 같은 더디고 애매미지근한 말투
마무리가 부실한 공사 뒤끝의 꺼림한 기분으로
늘상 한쪽 옆구리가 시리고 허전했는데

어느날 새삼 귀 간질이는 그 똑같은 '…같아요'
옷고름 고이 물고 고개 숙인 조순한 새악시의
수줍고 부드럽게 스며 퍼진 조선의 향수
또 호기심마저 불러오는 신비로운 그 여유

나무는 나보다 더 위대했다

어느날 옥상 화초밭을 정돈하다
아내에게 버림받은 나무 몇 그루
자비심으로 뒷산에 옮겨 가꾸려 했던
어설픈 나의 꿈은 잘못이었다

다음 해 봄 그것들은 흔적없이 사라지고
그 자리엔 진달래 군단이 호기롭게 사열되었다

무너져 내린 허탈감으로 기진하여 서 있는데
바로 그때 장대한 진달래 숲속에 숨죽여
숨어 있는 초라하고 가녀린 사철나무 한 그루
어느 손의 섭리가 내 희망의 불씨를 남겼을까

하나 순간의 기쁨도 실망으로 남은 시간은 길었다
산을 오르내리며 마주하는 그 나무의 부대껴 하는 모습
아픔은 내 것이 되고 나는 급기야 그 주위의
다른 생명들을 가차없이 해칠 생각이었다

헌데 다음 해 봄 삽을 쥐고 오른 내 손은 면목을 잃었다
진달래 군단보다 더 우뚝 솟아오른 나의 나무
파멸보다 더한 패배의 고통 뒤에서 승리를 영글였던지
분명 내 나무는 나보다 더 위대했다

꽃과 아내

꽃이 아름다움은
그리움 때문이다
한 시절 곱게 피어
내 시야를 살찌우다
제 몫 끝내고 허허로이
바람만 남긴 내 뜨락
그리움이 목말라 망각으로
번져갈 즈음 문득 해 따라
다시 너를 맞이하는 반가움
그렇게 그리움으로 정녕
꽃들은 아름답다

사랑하는 아내도
그리움에 더욱 아름다운 것
언제 한 사나흘쯤 그녀 없는
일상을 생각해보라
세상은 온통 질서를 잃고
나는 무기력한 식물인간으로

사리가 흐릿한 갓난애뿐일 때
이윽고 다가오는 그녀와의 해후
이제 세상은 내 편이 되고
그녀의 힘으로 나는 성숙되나니
그리하여 진정 진한 그리움으로
아내는 더욱 아름다워진다

목감천에서

갈대 숲 사이로 유유한 물길
피라미 서넛 외갓집 찾아간다
그 옆을 지나던 잉어 두 마리
바위 틈 지나 길섶에 널브러진
풀 열매 후리질로 불룩해진 주둥이
그 꼴 우스워 물 위에 동그라미 짓고
가파른 오르막길 힘자랑을 하더니
외할머니 손짓인지 방향키를 돌린다

괜스레 화풀이로 흙탕치고 숨어든
미꾸리 한 마리 그 바로 곁엔
붕어인지 제법 그 만한 물고기가
하얀 배 드러내고 머드팩 중이다

저기 시계를 잃고 사는 황새 부부
느림의 미학이라도 가르치려는지
개천가 물길을 독차지하고 섰다가
언제 또 익혔는지 삼바춤 자맥질로

내 입 안에 흐뭇한 포만을 선사한다

여기 억새 하늘거리는 목감천엔 진정
국제시장의 부산함도 보릿고개도
서로가 서로에게 등을 보일 일도 없이
오붓한 동화의 고향만 유유할 뿐이다

카페에서

- 의자

어느날 카페에서
여유로운 너의 모습 본다

오늘 또 내일
가는 자를 보내고
다가올 자를 기다리며
짓눌린 삶 그 무게가
운명인 양 다만 침묵으로
거기 있는 너

현자의 지혜
우매한 자의 어리석음
애잔한 사랑의 밀어
아픈 이별의 흐느낌 그리고
갈증과 포만의 정 모두
얼레로 나무 등걸 속에 감추고
세상을 달관한
너

헌데 너,
그 참는 자의 미덕과
아는 자의 무언無言을
어디에서 배웠더란 말이냐

고향 그림

비낀 해가 하늘 물들이며 산마루를 고이 넘는 시간
창밖에 시선을 못 박는다
파르르 떨고 있는 누릇붉은 감잎들
시월의 온갖 색으로 가을이 고향을 부른다

실바람에 무게겨운 들녘 수수는
머리 조아려 추수의 손길을 재촉하고
등 굽은 다람쥐는 농부의 더딘 손을 조롱하며
지천으로 뒹구는 밤알 모으기에 신명이 났다

콩단을 묶던 엄마가 저문 해를 투덜대며
쫓기듯 집으로 내처 아궁이에 불을 지필 때쯤
논두렁을 헤집던 아이들은
모락모락 피어오른 저녁 내음에
강아지풀 끝에 매여 버둥대는 메뚜기마냥
허겁히 연기 속으로 빨려든다

시詩의 완결完結과 그 예술성藝術性

咸 弘 根

시인 · 지구문학작가회의 고문

1.

언어에는 사상이 있다고 한다. 말하려는 사람의 도덕적 인품이나 지성까지도 그 사람의 언어 내면 속에 잠재해 있다는 의미이겠다.

정신세계는 물론 지향하고자 하는 학설이나 이론적 예시까지도 내포되어 있다고 보는 견해들이 대부분이다. 정치 사회뿐만 아니라 각계 전공분야의 학자, 철학자, 교육자는 물론 무궁한 가능성의 미래학자에 이르기까지, 어느 누구에게나 말의 중요성은 부인 못할 법칙과도 같은 것이다.

따라서 예술의 이슬을 먹고 사는 아티스트, 우리 예술인들이 바라고 있는 상징성, 예술성은 금세기 들어 더욱 축복받아야 할 사명감을 안고 있다. 그것은 모든 예술적 표현 또는 기술記述 행위가 우리가 살고 있는 현실과 매우 밀접한 연관을 맺고 있으며, 미래의 후손들에게 보다 가치 있는 삶의 흔적을 이어주려는 노력도 함께 해야 한다는 사명의식에 직면해 있기 때문이다.

모든 예술적 중심에 서 있는 문학적 용어, 시어의 선택이나 그 구사능력은 작자의 작품세계를 평가하는 저울과 같아서 작품의 경중이 금시 드러날 뿐만 아니라, 자칫하면 정도를 벗어나거나 지나치게 넘치고 모자라서 눈금의 정확성을 흐리게 됨은 물론, 독자들의 엄중한 질타나 식상한 느낌을 주어 작품의 질적 가치를 저하시키는 경우를 우리는 이런 저런 글에서 보아왔다.

대체로 문학은 '정서나 지성이 유기적으로 종합된 체험' (존듀이)이라고도 말하고 있지만, '사상을 내재하고 있는 것' (워즈워드)이라는 견해와는 차이가 크다.

물론 시는 장르적 범주로 볼 때 문학 속의 시가 아니라 시 속의 문학으로 한 발 앞서, 한 발 넓은 장르가 시라고 보고 싶다.

현대에 이르러 여러 가지 여건으로 다소 허물어지고는 있지만 시의 기본은 율律과 음音으로 표출된 산물이다. 가장 정서적이고, 가장 흥겹고 즐거우며, 가장 깨끗하고 맑고 순수한 자연적 노래이며, 인간만이 누릴 수 있는 최상의 언어예술이다. 어쩌면, 특히 우리의 시는 배달겨레, 백의민족 그 옷차림처럼 티 없는 예술의 한 자락이다. 시경詩經에서도 시를 가리켜 '가장 순수한 것' (思無邪, 사무사)이라 하지 않았던가.

나는 백 시인의 백여 편에 달하는 시를 읽고 또 읽으면서 새삼 감동과 감탄을 감출 수 없었다. 시편마다 진실이 살아 있다. 정서적 상상이 뛰어나고 나름대로의 리듬도 아리랑 가락이 빨랫줄의 집게처럼 늘어지게 감겨 있다. 잔재주를 부리려 하지 않는다. 시편마다 장고소리가, 가야금 산조가 넘쳐흐르고 깨끗하다. 잘 뻗은 고속도로를 보는 듯하다. 굽거나 옆길로 흩어짐이 없는 직진의 시작이요, 같은 마침이다. 삼십여 년 전부터 같은 직장 동료로, 친구로 새로 쓴 시를 보이면서 이런저런 시담을 주고받아 왔지만, 이번에 많은 작품을 읽으면서 그의 진지한 시작詩作 태도, 삶의 진실성이 살아 있음을 보게 되었다.

한편, 뒤돌아볼 줄 아는 아픔과 미래에의 기대가 시편마다 잔잔하게, 때로는 강렬하게 도색되어 있어, 그 찬란한 빛에 나의 탄식도 커 갈 뿐이다. 과거의 시형에 얽매이지 않는 과감한 연, 행의 구도, 구조는 내가 따라야 할 만하다.

끝의 맺음이 곱다. 산뜻 명료하다. 투명한 유리 구슬알을 보듯, 만지듯, 그 세계의 삶을 살 듯 품위를 가지고 있다. 군더더기가 없다.

'시는 표출表出하는 구상具象' 이라고 말한 조지훈이나, '언어의 건축' 이라고 언급한 김기림의 시론과는 다소 거리가 있다고 하겠다.

수미상관이니, 두괄식 · 미괄식이니 하는 구태의연한 시형(詩形, 詩型), 행이나 연을 모내기하듯 줄지어 늘어놓으려는 시작태도는 백 시인의 시에서는 찾기 힘든 장점으로 습관화하고 있음을 본다.

그러면서도 인생사 모든 것, 사회의 춥고 어두운 것, 이웃과 자식에 대한 사랑, 부모님, 살아계시는 아버님에 대한 절절한 효심, 우리의 금수강산 산천의 아름다움과 마지막 안식처인 종교적 귀의, 헌신, 내 고향에 대한 향수와 그리움에 설레는 그의 면면에 매료되는 시적 수사능력은 감추기 힘든 장점 중의 한 가지이다.

　백 시인의 시는 한 편, 한 편이 완결의 집합, 결정체이다. 시상의 막힘없는 흐름, 연이나 행에 구애받지 않는 진행, 그러면서도 그의 시에는 분명하게 드러나는 음악성, 영혼의 울림이, 그 가락이, 그만의 완결의 혼이 담긴 시를 낳게 하는 원동력이 아닐까. 해서 나는 감히 백활영의 시를 완결의 형체, 완결의 구상具象으로 대변하고 싶다.

　　가슴 속
　　무슨 사연

　　온 여름을
　　피로 앓다가

　　설움도
　　기진한 채

　　잎마저
　　바람에 찢겨

초겨울
텅 빈 뜨락에

바람 붙들고
탄歎한다

　　　　　　　　　　　　　　　　－〈칸나〉 전문

　6연 12행의 명료한 시다. 한쪽을 넘는 시가 흔치 않다. 짧아야 좋다는 뜻은 아니지만 그만큼 간결하고 상큼하다는 의미이다. "온 여름을/ 피로 앓다가// 설움도/ 기진한 채"에서 보이는 내심은 우리가 지나온, 백 시인이 겪어온 삶이요, 현실의 현 주소이다. 이어서 "잎마저/ 바람에 찢겨"나 마지막 연의 "바람 붙들고/ 탄" 식하고 싶은 애잔함도 누구나 다 겪어야 할 숙명이다.

　남은 삶도 순탄치만은 않을 것이다. 잎을 찢으며 외치는 노래의 처절함, 절규, 비명의 탄식은 우리의 가락, 응어리진 응석의 노래이기도 하다. 〈칸나〉는 그의 삶이요, 현실이다. 질곡의 아픔, 외로움의 달그늘 속에서도 늘상 그가 보이는 웃음처럼 살아가려는 그의 본심은 그런 인고의 아픔 속에서 싹터 온 노란 새싹인지도 모른다. 구순에서 다시 수년을 넘기고 살아 계시는 아버님에 대한, 곁에서 모시지 못하는 안타까움과 먼저 가신 어머님에 대한 절절한 회한이 다음 시편에서도 이어짐을 볼 때 누구보다도 효심의 길을 가고 있는 아들이다.

물동이 받쳐 이고
어둠 갈라
                    – 〈마음〉 3연

오늘도 자식 위한
뜨거운 빔 손
                    – 〈마음〉 5연

설운 가난 고된 살이
파도에 묻고
                    – 〈마음〉 8연

9연 18행. 제목은 '마음'이지만 시의 진행은 어머님에 대한 절절함이다.

지고이고의 행상, 갯벌 일과 논밭의 고된 하루에 비바람 잘 날 없었던 어머님, 아버지가 되고 할아버지가 되어도 잊을 수 없는 어머님의 고생, 헌신하시던 어머님, 모든 것을 참고 견디어야만 했던 한국 여인들의 '미덕 아닌 미덕'(哀而不悲)이, 그 자애로우신 모습들이 나비처럼 날아들었다 날아가곤 하는 오늘이 더욱 가슴 아픈 마음에서의 노래이리라.

또한 아버님에 대한 무례한 관심과 죄스런 마음으로 가시 방석 위의 하루를 보내고 있음을 볼 수 있다. 가까이에서 모시지 못하는 송구스러움, 효도랍시고 드물게 걸어보는 전화건만 잘 알아듣지 못하시는 아버님, 그때마다 속으로 피 토하듯

주체하기 힘든 죄송함에 천 리나 떨어져 계시는 아버지가 만리만큼이나 멀리만 느껴지는 현실감, 살아계시는 날만이라도 효도하자고 외쳐보아도 그 거리감, 괴리감은 좀처럼 좁혀지지 않는 현실이 더욱 안타까운 일이리라.

　　일흔하고 여덟 해까진 그래도
　　노랫가락 주고받던 따스한 가을

　　그러나 10여 년 홀로
　　하루를 삼 년으로 견뎌 살아온 노인

　　그 외아들은
　　서울서 전화로 입발림 효도나 하다
　　가뭄 콩보다 드물게 찾아든 문안 길에
　　고희 내일인 자식 시장기 달래주려
　　부엌으로 허전거리시는 아버지 모습
　　뒤쫓다 울컥 단숨에 달려 마른 나무
　　홀렁 껴안고 하늘로 눈길을 돌리며

　　아흔 넘어 장수가 복은 아니라
　　정녕 복만은 차마 아니라

– 〈장수한다는 것〉 3～6연

시인이 말하는 입발림 효도, 가뭄의 콩보다 드물게 찾아든 문안길이지만, 일흔을 넘긴 자식 시장하겠다고 부엌을 허전거리는 아버님의 모습에서 "울컥 단숨에" "홀렁 껴안고" 결국 눈길을 돌리시는 아버님에게서 누구보다 불효자인 그 또한 얼굴을 감출 수 없었다. 그러므로 내가 아는 백 시인은 멀리 고향에 떨어져 계시는 아버님에 대한 불효의 마음이 누구보다 크기에, 자식들에게 그 아픔을 되물림하지 않으려고 한 가옥에 함께 사는 것으로 알고 있다.

부모님에 대한 불효의 한탄도, 그 울부짖음도 참회라면 참회다. 회한의 눈물이다. 피 섞인 한숨이다. 괴테는 말한다. "나의 작품, 나의 시는 참회다." 이는 그의 대표작 대부분이 권선징악적 징벌이나 가치적 삶이 판단의 자율성에 근거하고 있지만, 때로는 불효에 대한 비극적 종말의 눈물을 삼키게 하는 대미적大尾的 의도는 다분히 양심 속의 양심, 참회로의 인도일 것이다. 사람은 항상 참회하면서 살아야 한다. 살진 영혼을 지니기 위해서….

동짓달 아미달도
추위에 숨고
별 몇 점 차마
어쩌지 못하고
바르르 서성이는 밤
너
머언 산 그 너머 누군가에
눈 이슬 맺힌 적 있느냐

섣달 그믐
눈발 바람에 쫓기어
소나무 가지마다 울음 일 때
너
바다 저쪽 어디에
마음 저민 그리움 두어 보았느냐

봄결 여름 가을
산은 늘 그렇게 서 있고
바다는 계절을 잊고 살지만

저 너머 어디 한숨 머문 곳
거기 네 삶은 깃드느니

— 〈삶〉 전문

　　"아미달도/ 추위에 숨고"나 "바르르 서성이는 밤"에 "눈 이
슬 맺힌 적 있느냐"는 나와의, 또는 절대자와의 자문자답일
것이다. 바르르 서성이며 살아가는 삶의 현실이 영상처럼 선
명하게 흐른다. 지나온 삶을 뒤돌아보는 반추反芻의 행진이다.
과거로의 금빛이다. 현실에의 극복이다.
　　"마음 저민 그리움" 속에서도, 한탄과 통한의 눈물 속에서
도 "한숨 머문 곳"이 우리의 삶이거니 인내하면서, 스스로 위
로하면서 달관의 처사적 삶을 지탱하는 시인의 내면이, 그 고
통을 정화하고 순화하여 흘려보내는 힘의 원천은 낙천적 사

고이거나 탈속의 종교적 의지에서 나오는 것이거니, "거기 네 삶이 깃드느니"의 종결은 그의 시정신의 일면을 잘 보이고 있다. '네'가 '나'이고 '내'가 '네', 어쩜 생과 삶, 또는 영원한 반려자에 대한 숨기고 싶은 지칭일지도 모른다. 그런 의미에서 백활영의 시는 완결의 자세로 굳건히 버티는, 시작을 즐기는 선도적 주자라 평가할 만하다.

2.

　다음은 시의 예술성을 어디에, 무엇에 두느냐의 문제에 직면하게 된다. 시인이나 학자나 독자에 따라서 해석의 기준도 다르고 보는 시점, 관점에 따라 다를 수밖에 없지만 해석의 보편적 기준, 흐름에 기인하는 경우 혹자에 따라서는 그 가치(예술성)를 다르게 이끌어 가려는 지론을 펼치는 사람들도 주목할 만하다. '정화淨化된 쾌락'에 그 가치를 평가한 헉슬리는 주인공 없는 꽁트 〈하프 홀리데이〉에서 봄날의 만개한 꽃을, 자연의 아름다움을 바라보는 즐거움을 소설 혹은 시의 가치로 보여주려 했고, 우리나라 평단의 원로 백철은 '정서적 표현이 앞서는 것'을 시적 예술의 가치로 그의 평설을 펼치고 있다.

　부언하자면 문학작품의, 시의 예술성을 어디에, 무엇에 기준을 두느냐 하는 것도 그리 간단한 것은 아니다. 삶의 현상, 현장적 체험을 진솔하게 그려낸 것, 가상의 세계를 허구적 현실로 다시 형상화한 가공적 삶, 모든 미적 생동감 또는 그 정밀성 내지는 적막성마저 예술의 가치로 보는 오늘날 다양한

학자적 이론을 우리는 무시할 수는 없다.

　미적 승화, 삶의 정화, 원시 종교나 그 유사성의 샤머니즘적인 이론이나 그러한 정신세계가 높이 평가되는 예도 적지 않으나, 반면 벽화나 신당, 성황당, 영웅 숭배 같은 토테미즘적 형태들도 현대의 서울에서도 여러 곳에 남아 있어 평가의 가점을 받고 있음도 현실이다.

　　'솔베이지의 노래' 다
　　아름다운 선율
　　베르겐 필보다 더 감미로운 하모니
　　사르르 목감천 물이 파문을 일으키고
　　학 한 마리 물결 타고 그 위를 난다

　　이제 선율은 약동하는 봄으로의 템포
　　단원들은 일제히 백발을 휘날리며
　　지휘봉의 춤사위 따라 현 위를 달리고
　　계절의 방청객 잉어 송사리 떼 몰려들면
　　냇가 패랭이 민들레도 귀 쫑긋 세웠다

　　사람 하나 없는 목감천의 오케스트라
　　백발의 갈대들이 베테랑 교향악 단원
　　바람은 하늘이 내린 천상의 지휘자

　　　　　　　　　　　　　　　－ 〈봄 교향곡〉 전문

한 편의 영화다. 아름다운 자연을 만져보는 즐거움이 크다. 무슨 말이, 수사가 더 필요하랴. "백발의 갈대들"의 교향악, 그들의 흔들림, 흐느적거리는 소리, 바람결, 파문의 물결, 날아드는 학 한 마리, 순결의 그림이다. 조용한 미소의 즐거움이다. 저절로 몸을 일으키고 흔들어 춤을 추게 한다. 백발을 휘날리는 단원, 물고기, 꽃들도 감상에 젖어 있다. 흥분의 감동 속에 '갈대', '백발'의 휘날림이 세월의 가늠을 이겨내는 '머리카락'이 아니었으면 하는 마음에 즐거운 서러움이 넘친다.

스펜서는 그의 명저 《유희본능설》에서 "본능적 자기 충만, 본능적 자기 충동만이 예술적 참가치를 지닌다"고 언급하였다.

저절로 우러나오는 힘, 노래, 율동, 기쁨 등만이 시적 예술적 가치를 높여준다 하겠다.

물 그리운 토요일 오후
산등선 내음에 입이 타는데
내 발길 잡아 묶는 산까치 두 마리
한나절 계곡이 소란스럽다

한 놈이 웅덩이를 퍼득이면
다른 놈은 나무 위에 사주경계
올내림이 그리 민첩한데도
리듬은 네 박자를 놓치지 않는다

까치들이 다정히 나래 쳐 떠난 자리
계곡엔 다시 8월이 익는데
끌어안고 지켜주는 그 갸륵함에
사람이 부끄러워 나 비지땀 흘린다

– 〈산까치〉 전문

자연이 주는 경이로움, 경외심, 감탄, 신비, 감미로움, 고즈
넉함 등등 작거나 크거나, 미물이거나 영물이거나 무슨 상관
이랴. 3연의 2,3행은 우리에게 자연의 숙연함, 평화로움, 안온
함의 덮개까지 덮어 주는 듯 저절로 옅은 웃음을 흐르게 하고
있다.

태양은 구름 새로
숲속 매미들을 꼬드기고
꽃게들은 갯벌에서
더위를 도리질할 때
목화밭 사이를 웃는
노랑 주렁 외
외할머니의 카랑진 목청
내 발꿈치가 저린다

아스팔트 밭에서
소는 아버지를 원망하고
어머니는 하늘만 응시할 때

마루 밑을 누리는
누렁이의 후각
당산나무 위 놀란 꿩
날개가 떨어진다

악동은 책가방에서
붕어를 낚고 초동의
꼴망태는 한나절을 기다려
논두렁을 채울 때
벼 포기 사이를 졸고 있는
배부른 메뚜기
할아버지 잠뱅이 속으로
여름이 흐른다

– 〈하일夏日〉 전문

　　〈산까치〉와 무관하지 않다. 시 전체가 한 폭의 산수화, 수채화다. 백 시인의 작품중 향토적 토속적 냄새를 진하게 풍기는 손꼽히는 작품이다. 투명하다. 백 시인 자신만이 깊숙이 간직된 자기 출현의, 고향산천의 거울이다.
　　"목화밭 사이를 웃는/ ……/ 외할머니의 카랑진 목청"에 "발꿈치가 저린다"는 표현이 수준급이다. "벼 포기 사이를 졸고 있는/ 배부른 메뚜기"의 느긋함을 곁에 두고 "할아버지의 잠뱅이 속으로/ 여름이 흐른다"의 대조적 표현은 '할아버지'의 용어 선택에서 '덧없이 흐르는 여름'을 잡아낼 수 있다.

태양, 구름, 갯벌, 더위, 아스팔트, 마루 밑, 나무 위, 책가방, 꼴망태, 논두렁, 잠뱅이 등 여름에서 유추할 수 있는 초자연적 혹은 가공적 시어에서 매미, 꽃게, 목화, 참외, 할머니, 소, 아버지, 어머니, 누렁이, 꿩, 악동, 붕어, 메뚜기, 할아버지, 생명의, 생동의 구체화, 삶의 주인들을 동원하면서 서로 이웃이거나 없어질 수 없는 다양성의 모습들을 한 편의 시에 거의 담고 있다는 점이 놀랍다.

'실질적 고상한 정서를 암시한 것'이 예술의 참가치를 드러낸 것이라고 역설한 러스킨의 필설을 되짚어 보게 한다. 나는 '고상한 정서'라는 말에 가점을 얹어 주고 싶다. 혹자는 고상한 정서와 거리가 있다고 항변할지 모르나 백 시인의 시편에 넘쳐흐르는 정서는 이미 일상적 평범한 표현을 이미 넘어서 있다. 그의 이러한 표출에 예술성의 가치를 두고 싶다.

외에도 민족적 정서나 한의 미화, 또는 전통에 바탕을 두고 전개되는 사적 미의 흐름에 나는 문득 문득 감동에 젖는다. 작품 속에 깊숙이 자리잡고 있는 신화나 전설적 토속적 용어와 시어, 그러한 표출도 누구나 쉽게 드러낼 수 있는 테크닉은 아니다.

바라보던 석이 녀석 눈이
쪼르르 배고파 넘고
굴 캐러 간 엄마는 부푼 젖이
실개천 되어 흘러내리는
대문 안집 할머니의 굽은 등 같은

고갯마루

어제는
춘심이가 나물 캐러 오르고
현이 총각이 내려오고
구성진 가락도 흥겨이
꿈으로 날아오르더니

오늘 아침 쑥국새가 쑥쑥궁 쑤궁
삼순이가 올라간다 들것 무등 타고
시름이 넘어간다
설움도 따라간다

– 〈간닷개 잔등〉 전문

평범한 시어로 넘겨버리기 쉬운 '간닷개'의 용어적 선택에
서 우선 주목을 받게 된다. 언덕을 잔등이라고 표현된 내면에
는 필자가 말하려는 의도는 한두 가지가 아닐 것이다. 이러한
시어의 선택도 이 작품이 수작이라는 것은 분명하다. '잔등'
은 '고갯마루'로 이어지는 작은 것에서 큰 것으로, 사람(동물
등)의 것에서 자연현상으로 이어지는, 다정함에서 보다 친근
미 넘치는 위용을 드러냄도 눈여겨볼 만하다. 삶을 이어가는
생의 일상에서 논밭을, 강과 산을, 바다를 향해 가고 옴에 필
연코 넘어야만 하는 고갯길, 생의 아픔이나 슬픔의 고갯길이
다.

오고 가며 넘어야 하는 하루의 길목이요, 삶의 꼭짓점이다. 늘 오르고 내려야 하는 노동의 현장이요, 사랑이 갈림길이요, 때로는 지친 심신을 가락으로 달래보는 흥겨움의 솟대다. "시름이 넘어간다/ 설움도 따라간다" 우리도 모두가 따라가야 할 행동의 정점, 휴식의 동산이기도 하리라.

둘이 아니다
너와 나

가벼운 봄바람
작은 부추김에도
한껏 고무되는 나

스르르 이는 바람
살랑대는 대밭소리에
바르르 춤추는 너

추운 겨울
매서운 바람에
삭신 바르르 떠는 나

섣달 설한풍에
푸우푸우 입김 뱉어
온몸으로 울어대는 너

바람으로 살고
바람을 견뎌야 하는
우리는 그렇게 하나

- 〈문풍지와 나〉 전문

전 6연의 숙명적 삶의 현실이다. 고무되기도 하고, 춤추기도 하고, 떨기도 하고, 울어대기도 하고, 그러면서도 설한풍을 견디어야만 한다. 기쁨도 있고, 슬픔도 있다. 둘은 언제나 상존한다. 바람이 있어 울 수 있다. 나와 나로 나누어지는 우리는 하나이며, 또한 둘이다. 혼자서 흐느낄 때도 실은 둘이서 울고 있다.

그러나 혼자서만 들을 수 있다. 소리 없는 흐느낌도 적막 속에서는 살아서 신음소리를 내지만 추위에 떨고 있는 간헐적 외침은 때로는 처절하다. 때로는 통곡한다. '나'는 '너'로 하여 고무되기도 하고, 춤추기도 하고, 삭신을 떨기도 하고, 진심으로 울어대기도 한다. 피동체의 눈물이 아니라 능동적 절규이다.

그러나 견디어야만 한다. 이겨내야만 한다. 엄동한기를 덮어버리는 한의 노래로라도 울어야만 한다. '나'로 어려울 때 '너'와 함께 극복하여야 한다고, 조용히 외치고 있는 우리를 '문풍지'에서 듣고 있다. 외침으로 하여, 들음으로 하여 우리는 '너'와 '나'일 때 '나'와 '너'로 또 다른 하나가 된다. 우리가 된다. 둘이 된다.

바람소리 설고
햇자리 바뀌었다

세상 다 안고 살려던
버거운 짐 훌훌 던지고
내 것이라 믿고 살던
내 것 아닌 것들 다 버리니
쌓아온 인연 묻어온 정
아리고 허전하긴 하겠다

그리고 얼마간 혼돈과
또 불협화음 속에서 기억의
회로 좇아 보물찾기 놀이며
제 구실 못하는 눈 때문에
혀와 발에 더욱 힘 실리겠지만

인정은 내 안에서 생겨나고
만사는 내 마음이 주인 되는 것

창 밖 십자가 아름답고
목감천 개울물소리 시원하니
고쳐 벤 베갯머리 청량淸亮도 하다

– 〈이사〉 전문

졸고의 말미에 위 작품이 자리하게 된 것은 작자의 현재의 모습, 현재의 삶이 잘 그려져 있을 뿐 아니라 담담하게, 그러면서도 긍정도 부정도 아닌 묵시적 일상이 타작품에 비해 섬세하게 묘사된 점이다.

다 벗어 버리고, 던져두고서, 남은 여생을 엮어가려는 무소유의 평화로움, 흐뭇함에 젖어 있어서이다. '혀'와 '발'에 실리는 위세를 어느 정도 인정하면서, 과하지 않게, 욕되지 않게 살아가려는 의지는 그의 종교적 큰 믿음과 믿음에서 분출되는 안식, 기쁨이 너무 크고 분명한 결과임이다. 걷는 '발', 말하는 '혀'의 봉사에서 얻는 위안이 넘쳐 흘러서임이리라.

"인정은 내 안에서 생겨나고/ 만사는 내 마음이 주인 되는 것"에서 보듯, 그가 걷는 하루가 이해와 위로, 평화와 감사 속에서 하루를 엮어가고 있음을 환하게 볼 수 있어서 기쁘다. 그러므로 "창 밖 십자가" "목감천 개울물소리"가 더욱 시원하게 들릴 것이리라. 그 소리에 더욱 가까이 하고 싶은 "고쳐 벤 베갯머리"가 오늘 밤에도 '다시 고쳐'로 언제나 이어지기를 고대하는 마음이다.

현대에 이르러 여러 학자들에 의해 분석, 해설, 제시된 예술성의 모호함에는 아직까지 속 시원한 해답을 얻지 못하고 저마다의 입장, 주장만 내세우려는 입지를 굳게 지키고 있다.

그 이유는 하나의 사물을 보는 저마다의 기준이나 입장에 따라 설득하려는 지론持論에 불과함으로 언제나 새로운 이론적 평가가 나올 수 있을 것이다.

그러므로 문학, 특히 시란 한두 줄의 정의로만 구명究明하려 들지 말고, 작품 속에 가라앉아 있는 보석을 찾아 사고하고 감상함으로써 인생을 살아보려는 참다운 노력이 얼마나 가치 있게, 시답게 구현具現되었느냐 함에서 찾는 것도 시의 예술성을 알기의 한 가지 자세일 것이다.

* 본고에 인용된 인명과 인용문은 "김원경 저, 《문학개론》(학문사, 1986)"을 참고하였음.

강물
·

지은이 / 백활영
펴낸이 / 김정희
펴낸곳 / **지구문학**

110-122, 서울시 종로구 종로17길 12, 215호(뉴파고다 빌딩)
전화 / (02)764-9679
팩스 / (02)764-7082

등록 / 제1-A2301호(1998. 3. 19)

초판발행일 / 2015년 8월 15일

ⓒ 2015 백활영 Printed in KOREA

값 8,000원

E-mail/jigumunhak@hanmail.net

※잘못된 책은 바꿔드립니다.
※저자와의 협약으로 인지는 생략합니다.

ISBN 978-89-89240-66-2 03810